Du même auteur à *l'école des loisirs*

Collection MOUCHE
Le lapin magique et autres histoires
Les trois vaillants petits déchets
L'abominable histoire de la poule

Collection NEUF
Le vicomte de Tournebroche
Le prince qui cherchait l'amour
Le colonel des petits pois
Le loup qui cherchait sa serviette
La salade maudite

Loi n° 49.956 du 16 juillet 1949 sur les publications
destinées à la jeunesse: septembre 2000
Dépôt légal: septembre 2000
Imprimé en France par Hérissey à Évreux

Christian Oster

Pas de vraies vacances pour Georges

Illustrations d'Alan Mets

Mouche

l'école des loisirs

11, rue de Sèvres, Paris 6^e

Il y avait une fois un oiseau qui portait une très grosse valise.

Elle n'était pas du tout à sa taille, elle aurait pu contenir un veau, et la plupart des oiseaux se moquaient de lui.

– Regardez-le, celui-là ! Sa valise n'est pas du tout à sa taille ! Quel idiot !

Cela, donc, concernait les oiseaux moqueurs. D'autres oiseaux, plus rares, se montraient simplement curieux.

– Pourquoi une si grosse valise ? lui demandaient-ils. Qu'as-tu donc de si volumineux à transporter ?

Mais notre oiseau à nous, qui s'appelait Georges, ne répondait pas. Et les autres poursuivaient leur chemin en plein ciel, munis d'une valise normale, eux, proportionnée à leur taille.

Ce qui, pour migrer, était quand même plus pratique.

Georges, bien sûr, était épuisé, à porter sa grosse valise. Entre deux nuages, il avisa un arbre. Il se posa à son faîte. D'autres oiseaux s'y trouvaient déjà qui durent se pousser pour lui faire de la place, à lui et à sa valise, surtout, pour laquelle Georges dut réquisitionner toute la fourche d'une branche maîtresse. Ses semblables se tenaient chacun sur leur branche, avec leur valise en guise de table, donnant du bec dans un appétissant sandwich aux graines.

Georges, lui, ne mangeait pas.

– Pourquoi ne manges-tu pas ? lui demandèrent les autres.

– Pas faim, répondit-il.

En réalité, il lorgnait vers un sandwich. Un oiseau de forte taille, qui semblait affamé, pourtant, lui tendit le sien.

– Allez, dit-il à Georges. Mords-y donc. Tu en crèves d'envie.

– Pas de refus, en fait, fit Georges.

Et il mordit dans le sandwich.

Première, puis deuxième bouchée. Troisième.

– Hep ! fit le gros oiseau. Il s'appelle Reviens, mon sandwich.

– Merci, lui dit Georges, et il le lui rendit.

Puis il lorgna vers les autres.

Un oiseau vert craqua.

– Mais enfin, lui dit-il, comment t'es-tu débrouillé pour ne pas emporter de provisions avec toi ? Surtout avec cette grosse valise !

Georges leva les ailes, comme pour s'excuser.

– Plus de place, dit-il.

– J'espère que tu n'as pas emporté une douzaine de pulls, s'inquiéta le gros oiseau. Tu sais que tu te diriges vers le sud, quand même. Moi, je n'ai emporté que des débardeurs, et juste un petit gilet pour quand les soirées seront fraîches. Le strict minimum. Tu ne réponds pas ?

Georges ne répondait pas, non. Son regard s'attardait sur le sandwich du gros oiseau.

– OK, fit ce dernier, OK Prends-en un bout.

Et il tendit son sandwich à Georges.

En empruntant ainsi divers sandwichs aux graines, à droite et à gauche, Georges se rassasia.

Il but un petit coup, au goulot d'un quart Vittel format cycliste, qu'un autre gros oiseau lui avait passé, puis il fit un peu de gymnastique.

– Et un, et deux, et trois, et quatre ! scanda-t-il.

Il travaillait des ailes, à l'exclusion des pattes. Et, quand il les levait, on distinguait nettement, sous ses plumes, la saillie de superbes muscles.

Tous les oiseaux l'observaient, incrédules, ne compre-

nant pas que l'un des leurs ne se contentât point, pour simple exercice, de pratiquer le vol. Eux-mêmes, fourbus, profitaient au contraire de leur pause pour décompresser. Cependant, Georges était un oiseau de taille moyenne et ils avaient beau cacher leur étonnement, ils étaient sidérés qu'il pût porter un si lourd bagage, uniquement grâce à ses muscles. Il est vrai qu'il devait s'entraîner de manière intensive, car il ne parvenait même pas à replier complètement ses ailes. Les deux boules de ses biceps, de chaque côté, les lui maintenaient un peu écartées du corps.

Quand il eut terminé ses exercices, Georges s'assoupit une quinzaine de minutes afin de prendre un peu de vrai repos. Et, lorsqu'il s'éveilla, il n'y avait plus aucun oiseau dans l'arbre. Ils avaient tous repris leur vol vers l'Afrique.

– Bon, dit Georges à voix haute, ça va, tu peux sortir.

– Pas trop tôt!

C'était une grosse voix.

Georges fit jouer le loquet de la valise, et le couvercle s'ouvrit. Une main le poussait, au bout de laquelle, naturellement, s'articulait un bras. Et, au bout de ce bras, il y avait un homme.

– Aïe! fit l'homme en se dépliant, puis en sortant de la valise pour aller s'asseoir sur la branche avec un sandwich œuf

dur-tomates-salade. C'est vraiment inconfortable, ton système.

– Tu en vois un autre ? dit Georges.

– Si seulement tu acceptais de prendre l'avion ! soupira l'homme en attaquant son sandwich. Ça serait quand même plus simple ! Je prends un billet pour l'Afrique, je t'emmène dans ta cage, et on n'en parle plus.

– Tu sais bien que je ne supporte pas l'avion, fit Georges. Ça me fait vomir. Et puis j'aime bien voler avec les copains. Et, enfin, je trouve ça minable, de voyager en cage.

– Je sais, je sais, répondit l'homme. Tout ça est ma faute. Je n'avais qu'à pas acheter un migrateur qui ne supporte ni l'avion ni le transport en cage.

– Et puis, ajouta Georges, on a quand même percé des trous dans la valise pour que tu respires.

– Heureusement, encore ! fit l'homme.

– Bon, dit Georges, tu t'es un peu détendu, là, Paul ? On peut repartir ?

– Attends, dit l'homme, qui s'appelait Paul, donc, je n'ai même pas fait mes exercices.

Et Paul fit quelques mouvements de bras. Pour les jambes, sur la branche, c'était plus difficile.

– J'ai besoin de marcher un peu, dit-il. Tu ne veux pas me descendre ?

– Bon, monte, dit l'oiseau.

– Hein ? fit l'homme.

– Monte dans la valise, dit l'oiseau.

L'homme s'installa de nouveau dans la valise, Georges la ferma, et, en trois coups d'aile droite – la gauche étant prise par la valise, comme chez tous les migrateurs, bien sûr –, il atteignit le sol. Paul sortit de la valise et fit quelques pas autour de l'arbre. Il revint vers l'oiseau.

– Tu pourrais partir seul, quand même, de temps en temps, dit-il.

– Tu sais bien que je t'aime trop pour ça, lui répondit Georges. Je me suis attaché, moi, à force.

– C'est surtout que j'en ai un peu marre, de l'Afrique, pour les vacances, dit l'homme. Tu ne pourrais pas changer, quelquefois ? Ça ne te dit rien, la Bretagne ?

– Ce n'est pas dans ma nature, répondit l'oiseau. Je n'y peux rien, moi. C'est l'instinct, tu comprends ?

– Je sais, je sais, fit Paul. J'ai lu des livres sur toi, je sais bien.

– Bon, on repart ? fit l'oiseau.

– Quand faut y aller…, soupira l'homme.

Et ils repartirent. En chemin, Georges croisa des collègues.

– Où tu vas, comme ça, avec ta grosse valise ? lui crièrent-ils. Tu fais du trafic de plumes ?

Georges ne répondit rien.

C'était toujours pareil : les moqueries, les sarcasmes. Parfois, malgré son instinct de groupe, il aurait préféré voyager seul, et qu'on lui fiche la paix. Mais bon, on ne se refait pas. Quand on a besoin des autres… Il poursuivit sa route. Après quelques pauses et quelques séances de jogging pour Paul, ils survolèrent le détroit de Gibraltar, puis ils aperçurent l'Afrique.

– Tu veux que je t'élargisse un trou d'un petit coup de bec, proposa Georges, pour que tu jettes un coup d'œil ?

– Non, merci, fit la voix étouffée de Paul, je connais, ça ira. Tout ce que je te demande, c'est de ne pas atterrir sur un hippopotame, comme la dernière fois! Ça me flanque le mal de mer!

– T'inquiète, fit l'oiseau.

Ils atterrirent au bord d'un marécage. Paul sortit de sa valise. Il se trouva nez à nez avec un crocodile.

– Ah, c'est bien ma veine! soupira-t-il.

Et il se mit à courir à toutes jambes.

– Reviens! cria Georges.

Mais Paul ne revenait pas.

– Qu'est-ce qu'il a, ton maître? lui demanda le crocodile. Il est toujours aussi pressé?

Je n'allais pas le manger, quand même !

– Il faut le comprendre, lui dit Georges. Il ne pouvait pas deviner que tu étais en train de digérer un gnou.

– Burp ! fit le crocodile. Un gros gnou, même ! Il avait de ces pilons !

– Bon, excuse-moi, lui dit Georges. On discutera plus tard, si tu veux bien. C'est qu'il faut que je le retrouve, maintenant.

Et Georges prit son vol.

– Hé ! lui cria le crocodile.

– Quoi, encore ?

– Ta valise ! cria le crocodile.

Tu l'emportes, s'il te plaît. Tu ne me laisses pas ça sous le nez. Je n'aime pas trop ces objets en cuir. On ne sait jamais en quoi c'est fait.

Georges plongea en piqué vers le sol, attrapa la valise, reprit le chemin des airs. Dans sa hâte, il l'avait mal fermée. Elle s'ouvrit. Quelque chose s'en échappa, qui parut voleter un peu et qui pour finir chuta au beau milieu de la savane.

– Ça y est, soupira l'oiseau, je lui ai encore perdu son livre ! Qu'est-ce qu'il va rouspéter quand il va l'apprendre ! J'aurai beau lui dire qu'il s'abîme les yeux, à lire dans cette valise, il ne voudra rien entendre, comme d'habitude ! Sans compter qu'à chaque trou d'air il perd sa page. Mais plus têtu que lui, je ne connais pas !

Georges poursuivit son chemin, survolant la savane. Des zèbres, des girafes, tout ce qu'on veut, mais pas de Paul.

– Il doit être caché par les herbes, se dit-il.

Enfin, il l'aperçut.

Paul courait toujours. De temps en temps, il se retournait pour voir si la lionne lancée à

ses trousses était en train de le rattraper.

– Ah, fit Georges, dans quel guêpier s'est-il encore fourré ?

Il partit en piqué.

– Paul, lui cria-t-il en arrivant sur lui, arrête de courir ! Elle court plus vite que toi, de toute façon, et tu n'as aucune chance ! Autant parlementer avec elle !

– Va lui parler, toi ! lui cria Paul. Je ne le sens pas, moi !

– Bon, dit Georges, j'y vais ! Et on appelle ça des vacances !

Georges fondit sur la lionne.

– Hé ! lui cria-t-il. Arrête de courir après lui, tu lui fais peur !

– Tiens, chalut, Georges, fit la lionne en levant la tête. Te foilà de retour ?

– Ah, salut, Olga, dit Georges. Je ne t'avais pas reconnue. Ben tu vois, je suis revenu pour la saison. Mais qu'est-ce que tu tiens dans la gueule, là ?

– Ah, cha ? fit la lionne. Ch'est un livre, che crois. J'me

chuis dit qu'cha devait être à lui, alors ch'lui cours après pour le lui rendre, moi. Tu chais bien que ch'chais pas lire.

– Paul ! cria l'oiseau. Reviens ! C'est Olga ! Elle ne te veut aucun mal !

Paul s'arrêta de courir. Il revint sur ses pas, prudemment. Puis il reconnut la lionne.

– Ah, Olga, dit-il. Excuse-moi, je ne t'avais pas reconnue.

– Moi non plus, en fait, dit Olga. Ch't'ai vu de loin, et ch'ai la vue qui baiche, tu chais. Ch'me fais vieille.

– Mais non, fit Paul, je te

trouve en pleine forme, moi. Qu'est-ce que tu cours bien !

– J'échaie de me maintenir en forme, fit la lionne. Bon, tu le prends, ton livre ? Cha m'fait chuinter.

Paul récupéra son livre.

– Jules Verne, expliqua-t-il. *Cinq Semaines en ballon*. Idéal pour les voyages en valise.

– À part ça, quoi de neuf? demanda Olga.

– Oh, pas grand-chose, fit Paul. Je vis toujours dans mon deux-pièces. Avec Georges, bien sûr.

– À part le voisin du dessus

avec son mainate, c'est tranquille, intervint Georges. Bon, c'est pas tout ça, faut que je fasse mon nid, moi. Je vous laisse. Tu récupères la valise, Paul ?

– Oui, comme d'habitude, dit Paul.

– Tu ne fais pas comme l'année dernière, s'il te plaît, ajouta Georges. Tu ne me la remplis pas de cailloux pour ta collection. Je te rappelle que c'est moi qui porte.

Georges prit la valise.

– Sois tranquille, dit-il. Cette année, je vais plutôt cueillir des fleurs.

– Alors à plus tard ! fit Georges.

Et il s'envola. Paul resta avec Olga.

– Dis donc, lui dit-il. Ils ont l'air mauvais, les crocodiles, cette année. On est tombés dans les marais, je te dis pas !

– Qu'est-ce que tu racontes ? fit Olga. Tu sais bien qu'à l'époque des gnous ils digèrent les trois quarts du temps. Qu'est-ce qu'il t'a fait, ce crocodile ?

– Rien. J'ai eu peur, c'est tout. D'une année sur l'autre, tu sais, je perds l'habitude.

– Tiens, voilà Aldo ! fit Olga.

Un éléphant s'approchait.

– Salut, Paul ! dit-il. Te voilà de retour ? Qu'est-ce que tu as fait de Georges ?

– Il nidifie, dit Paul.

– Je vous emmène faire une balade ?

– C'est-à-dire que je dois rentrer, là, dit Olga. Et puis je n'ai pas fait la course pour le dîner. Faudrait que j'attrape une gazelle ou deux pour ce soir. Sinon, tu connais Charles, il va encore râler.

– Je sais ce que c'est que la vie de famille, dit Aldo. C'est pas parce que je suis veuf, maintenant. Et toi, Paul ? Tu es libre ?

– Pas de problème, fit Paul. On vit chacun sa vie, avec Georges. C'est les vacances.

– Alors, en route ! fit Aldo.

Et il mit sa trompe en position de balancelle. Paul s'installa, avec sa valise.

Cependant, Georges nidifiait. Brindilles, feuilles de palme

séchées, peaux de banane émincées, écorce de baobab, il n'arrêtait pas de charrier des matériaux et commençait à être en nage. Trois singes l'observaient en se cherchant des poux.

– Ça fait toujours drôle, Georges, lui disait l'un, de voir un oiseau nidifier sans sa valise. Les autres s'en servent de nid, et toi, non. Faut toujours que tu couches à la dure.

– Pouf, pouf, soufflait Georges en déchargeant ses matériaux à proximité de son ébauche de nid. C'est comme ça que je conçois les vacances, moi, ré-

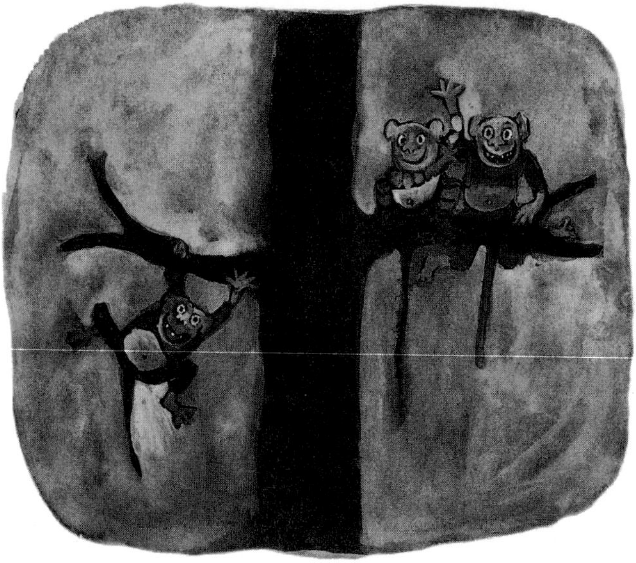

pondait-il. J'aime bien le camping.

– Tous les goûts sont dans la nature, remarquait le deuxième singe.

– Vous entendez ? fit le troisième.

– On dirait un barrissement, dit le premier.

– Zut ! fit Georges. Paul doit avoir encore des problèmes. Je vous laisse. Si vous pouviez jeter un coup d'œil à mon nid, entre deux poux, ça m'arrangerait.

– On le surveille, firent les singes. Pars tranquille.

Et Georges reprit son vol. Il aperçut Aldo, lancé en pleine course. Derrière lui, en Jeep, des trafiquants d'ivoire, fusils sortis. Paul, tressautant, s'accrochait d'une main à l'oreille droite d'Aldo, son autre main peinant à maintenir la valise, qui battait contre les flancs de la bête.

Georges dépassa la Jeep, rejoignit l'éléphant.

– Continuez à courir! leur lança-t-il. Je m'en occupe.

Il revint vers la Jeep, fondit sur le conducteur, lui donna un coup de bec dans l'œil. Le conducteur hurla, perdant le contrôle du véhicule. La Jeep versa sur le côté, partit en tonneaux.

– Et voilà le travail! fit Georges.

Il rejoignit Aldo.

– Ça va, dit-il, tu peux freiner.

– Ouf, fit Aldo, il était moins une. Merci, Georges.

Paul se taisait. Il avait seulement changé de couleur et laissait le sang lui revenir au visage.

– Y a rien à faire, dit-il finalement à Georges. C'est pas le même rythme de vie, ici. Je m'adapte mal.

– Tu vas quand même venir à la fête, ce soir ? dit Georges.

– Bien sûr, dit Paul. La question n'est pas là.

– Tu viens aussi, toi ? demanda Georges à Aldo.

– Évidemment, répondit l'éléphant. Je ne manquerais la fête de ce soir pour rien au monde. Mais il faut que je vous laisse, là, je dois passer au cimetière.

– Nos pensées pour ta femme t'accompagnent, dit Georges.

Et l'éléphant s'en fut, d'un pas un plus lourd que de coutume.

– Bon, je dois retourner à mon nid, moi, dit Georges à Paul. Qu'est-ce que tu fais, toi, en attendant la fête ?

– Bah, dit Paul, c'est l'heure creuse, maintenant. Je vais ramasser un peu d'herbe pour tapisser la valise en prévision du retour.

– Tu veux te faire un nid, toi aussi ? plaisanta Georges.

– C'est juste que j'en ai assez d'attraper des bleus pendant le voyage, répondit sérieusement Paul.

Et ils se séparèrent de nouveau en attendant le soir.

Paul ramassa son herbe, l'enfourna dans la valise, fit une sieste là où il était, dans l'herbe qu'il n'avait pas coupée, en priant le ciel qu'un rhinocéros ne le piétinât point au passage. Puis, après divers cauchemars peuplés de mygales et de tigres mangeurs d'hommes, il prit la direction de la forêt où se tenait la fête.

Une banderole, tendue entre deux troncs, proclamait: «Bienvenue à Paul, le maître de Georges, notre ami à tous!» Paul passa dessous pour rejoindre le comité d'accueil. Singes, panthères,

lions, iguanes, ils étaient tous réunis en un groupe serré, et criaient le nom de Paul à pleine voix.

« Paul, notre ami ! »

« Vive Paul, le maître de Georges ! »

« Longue vie à Paul, le prince de la savane ! »

Ils en rajoutaient un peu, évidemment, mais c'est parce qu'ils l'aimaient bien.

Puis les singes battirent tambour, les girafes se déhanchèrent, les panthères rugirent, les oiseaux crièrent sur leurs branches, les hippopotames branchèrent leurs claviers et les guépards, à trois sur le même micro, arrachèrent leurs maillots de corps en hurlant.

Comme chaque année, la fête fut une grande réussite.

Elle s'acheva par le numéro que Paul avait préparé avant le départ. Debout sur sa valise, il

prononça un petit discours de remerciement, puis il entonna un chant rythmé, qu'il accompagna lui-même en tapant sur la valise.

Après, tout le monde partit se coucher. On prêta à Paul une tanière d'amis, où il s'endormit sur un lit de feuilles séchées en comptant des gazelles.

Le lendemain, comme chaque année, Paul était malade. On fit venir le sorcier du village, qui lui fit boire des tisanes et lui appliqua des compresses à base de banane, et la fièvre tomba.

Le surlendemain, Paul était debout. Il partit à la chasse avec

Olga la lionne, qui l'avait aimablement prié de l'accompagner.

Mais, comme chaque année, Paul était dégoûté de voir Olga déchiqueter des antilopes.

Un autre jour, c'étaient les singes qui l'ennuyaient, avec leurs grimaces et leurs petits cris stupides.

Un autre jour, les hippopotames le faisaient bâiller.

Au bout d'une semaine, comme chaque année, il en eut assez.

Il alla trouver Georges et lui dit qu'il voulait rentrer.

– C'est trop tôt, lui dit

Georges. Je viens à peine de finir mon nid. Et puis je voudrais installer un coin cuisine.

– Alors je rentre seul, lui dit Paul.

– Ne dis pas de bêtises, lui répondit Georges. Tu ne sais pas voler. Et puis tu ne vas pas encore me gâcher mes vacances, hein ! se fâcha-t-il. Tu vas rester un peu, s'il te plaît ! Faire un effort, pour une fois !

Paul baissa la tête.

– Georges, soupira-t-il, je sais que c'est important, pour toi, ces vacances. Et je prends chaque fois la peine de t'accompa-

gner. Mais je ne m'adapte pas. Je n'arrive pas à me faire à l'Afrique.

– Est-ce que tu m'aimes ? demanda Georges. Est-ce que tu sais vraiment ce que ça représente pour moi ? Est-ce que tu te rends compte ?

– Oui, dit Paul. Je suis désolé, Georges. Réellement désolé.

– Tu as de la chance, dit Georges.

– De la chance ?

– Oui, de la chance que je t'aime, moi aussi, dit Georges. Que je sois un bon oiseau.

Paul ne répondit rien, mais il sentait Georges ému. Il y eut un long silence, puis l'oiseau déclara :

– Je vais les prévenir.

Il s'en fut voir les autres.

– Désolé, les amis, je dois rentrer. Paul ne supporte toujours pas l'ambiance.

– Ah, c'est bête ! soupirèrent-ils tous. On va vous regretter.

Et tous les animaux écrasèrent une larme. Georges et Paul s'en retournèrent.

Ils furent seuls, cette fois, sur le chemin. Nul oiseau moqueur, nul sarcasme.

– Tu ne fais pas beaucoup d'efforts pour t'adapter, quand même, dit Georges à Paul quand ils firent halte dans un arbre.

– J'essaie, pourtant, répondit Paul. J'essaie.

– Heureusement qu'on a pas mal de cassettes, à la maison, dit Georges.

– Mince, dit Paul, ça me fait penser qu'on a encore oublié le caméscope, cette année.

– Tu l'oublies chaque fois, remarqua Georges.

– C'est à toi de m'y faire penser, aussi, protesta Paul.

Et ils se disputèrent ainsi

jusqu'à la maison, où Georges posa sa valise. Paul en sortit. Ils s'installèrent.

C'était beaucoup plus petit que l'Afrique, ici. Mais c'était chez eux, quand même.

L'un dans son fauteuil, l'autre dans sa cage, ils visionnèrent des cassettes du temps que Georges était encore jeune.

– Tu pourrais le reconnaître, que tu vieillis, toi aussi, lui dit Paul. On n'est pas si mal, ici.

– Non, dit Georges en allumant un cigarillo sur son perchoir. On est bien. Tiens, regarde, ajouta-t-il en tendant une aile vers l'écran. C'est Olga, quand elle avait deux ans. Elle était vraiment craquante, à table.

– Croquante, plutôt, rectifia Paul.

Et Georges se mit à rire, d'un sonore et franc rire d'oiseau.

– Ah, dit Paul. Je préfère te voir comme ça. Je te ressers une goutte de liqueur ?

– Non merci, dit Georges. Redonne-moi plutôt un peu de graines. Pas les Délipiaf, hein. Les Becfin, plutôt, à la noisette, là, sur l'étagère du haut.

Et, soulevant le couvercle de sa cage, il tendit à Paul sa petite mangeoire.